二十年代的朱自清

朱自清自编文集

# 踪　迹

朱自清　著

广陵书社

# 目录

## 第一辑

## 第 二 辑

第 一 辑

# 光　明

风雨沉沉的夜里，
前面一片荒郊。
走尽荒郊，
便是人们底道。

呀！黑暗里歧路万千，
叫我怎样走好？
"上帝！快给我些光明罢，
让我好向前跑！"

上帝慌着说："光明？
我没处给你找！

你要光明，

你自己去造！"

一九一九年十一月二十二日

# 歌 声

好嘹亮的歌声！
黑暗的空地里，
仿佛充满了光明。
我波澜汹涌的心，
像古井般平静；
可是一些没冷，
还深深地含着缕缕微温。
什么世界？
什么我和人？
我全忘记了，——一些不省！
只觉轻飘飘的，好像浮着，

随着那歌声的转折，

一层层往里追寻。


一九一九年十一月二十三日

# 满月的光

好一片茫茫的月光，
静悄悄躺在地上！
枯树们的疏影
荡漾出她们伶俐的模样。
仿佛她所照临，
都在这般伶伶俐俐地荡漾；
一色内外清莹，
再不见纤毫翳障。
月啊！我愿永永浸在你的光明海里，
长是和你一般雪亮！

一九一九年十二月六日

# 羊　群

　　如银的月光里，
　　一张碧油油的毡上，
　　羊群静静地睡了。
　　他们雪也似的毛和月掩映着，
　　呵！美丽和聪明！

　　狼们悄悄从山上下来，
　　羊儿梦中惊醒：
　　瑟瑟地浑身乱颤；
　　腿软了，
　　不能立起，只得跪着了；
　　眼里含着满眶亮晶晶的泪；

口中不住地咩咩哀鸣。
如死的沉寂给叫破了；
月已暗澹，
像是被咩咩声吓着似的！


狼们终于张开血盆般的口，
露列着巉巉的牙齿，
像多少把钢刀。
不幸的羊儿宛转钢刀下！
羊儿宛转，
狼们享乐，
他们喉咙里时时透出来
可怕的胜利的笑声！


他们呼啸着去了。
碧油油的毡上，
新添了斑斑的鲜红血迹。
羊们纵横躺着，
一样地痉挛般挣扎着，
有几个长眠了！

他们如雪的毛上，

都涂满泥和血；

呵！怎样地可怕！


这时月又羞又怒又怯，

掩着面躲入一片黑云里去了！


一九一九年十二月十八日

# 新　年

夜幕沉沉，
笼着大地。
新年天半飞来，
啊！好美丽鲜红的两翅！
她口中含着黄澄澄的金粒——
"未来"的种子。

翅子"拍拍"的声音，
惊破了寂寞。
他们血一般的光，
照彻了夜幕；
幕中人醒，

看见新年好乐！

新年交给他们，
那颗圆的金粒；
她说，"快好好地种起来，
这是你们生命的秘密！"

一九一九年十二月二十一日

# 北河沿的路灯

有密密的毡儿，
遮住了白日里繁华灿烂。
悄没声的河沿上，
满铺着寂寞和黑暗。

只剩城墙上一行半明半灭的灯光，
还在闪闪烁烁地乱颤。
他们怎样微弱！
但却是我们唯一的慧眼！

他们帮着我们了解自然；
让我们看出前途坦坦。

他们是好朋友，
给我们希望和慰安。

祝福你灯光们，
愿你们永久而无限！

一九二〇年一月二十五日

# 怅惘

只如今我像失了什么，
原来她不见了！
她的美在沉默的深处藏着，
我这两日便在沉默里浸着。
沉默随她去了，
教我茫茫何所归呢？
但是她的影子却深深印在我心坎里了！
原来她不见了，
只如今我像失了什么！

一九二〇年六月十四日

# 沪杭道中

雨儿一丝一丝地下着，
每每的田园在雨里浴着，
一片青黄的颜色越发鲜艳欲滴了！
青的新出的秧针，
一块块错落地铺着；
黄的割下的麦子，
把把地叠着；
还有深黑色待种的水田，
和青的黄的间着；
好一张彩色花毡呵！

一处处小河缓缓地流着；

河上有些窄窄的板桥搭着；

河里几只小船自家横着；

岸边几个人撑着伞走着；

那边田里一个农夫，披了蓑，戴了笠，

慢慢地跟着一只牛将地犁着；

牛儿走走歇歇，往前看着。


远远天和地密密地接了。

苍茫里有些影子，

大概是些丛树和屋宇罢？

却都给烟雾罩着了。


我们在烟雾里，花毡上过着；

雨儿还在一丝一丝地下着。


一九二〇年六月十四日

# 秋

惨澹的长天板着脸望下瞧着,
小院里两株亭亭的绿树掩映着。
一阵西风吹来,他们的叶子都颤起来了,
仿佛怕摇落的样子——
西风是报信的?
呀!飒飒地又下雨了,
叶子被打得格外颤了。
雨里一个人立着,不声不响的,
也在颤着;
好久,他才张开两臂低声说,
"秋天来了!"

一九二〇年八月　扬州作

　　　　踪　迹

# 自 白

朋友们硬将担子放在我肩上；
他们从容去了。

担子渐渐将我压扁，
他说，"你如今全是'我的'了。"
我用尽两臂的力，
想将他掇开去。
但是——迟了些！

成天蜷曲在担子下的我，
便当那儿是他的全世界；
灰色的冷光四面反映着他，
一切都扳起脸向他。

但是担子他手里终会漏光；
我昏花的两眼看见了：
四围不都是鲜嫩的花开着吗？
绯颊的桃花，粉面的荷花，
金粟的桂花，红心的梅花，
都望我舞蹈，狂笑；
笑里送过一阵阵幽香，
全个儿的我给它们薰透了！

我像一个疯子，
周身火一般热着：
两只枯瘦的手拼命地乱舞，
一双软弱的脚尽力地狂踏；
扯开哑了的喉咙，
大声地笑着唱着；
什么都像忘记了？

但是——
担子他的手又突然遮掩来了！

一九二一年二月三日

# 纪 游

一九二〇年十一月二十八日同维祺游天竺，灵隐，韬光，北高峰，玉泉诸胜，心里很是欢喜；二日后写成这诗。

## 一

灵隐的路上，
砖砌着五尺来宽的道儿，
像无尽长似的；
两旁葱绿的树把着臂儿，
让我们下面过着。

泉儿只是泠泠地流着，
两个亭儿亭亭地俯看着；
俯看着他们的，
便是巍巍峨峨的，金碧辉煌的殿宇了。

好阴黝幽深的殿宇！
这样这样大的庭柱，
我们可给你们比下去了！

二

紫竹林门前一株白果树，
小门旁又是一株——
怕生客么？却缩入墙里去了。
院里一方紫竹，
迎风颤着；
殿旁坐着几个僧人，
一声不响的；
所有的只是寂静了。

出门看见地下一堆黄叶，
扇儿似的一片片叠着。

可怜的叶儿，
夏天过了，
你们早就该下来了！
可爱的，
你们能伴我
伴我忧深的人么？——
我捡起两片，
珍重地藏在袋里。

三

韬光过了，
所有的都是寂静了。
只有我们俩走着；
微微的风吹着。
那边——无数竿竹子
在风里折腰舞着；
好一片碧波哟！
这边——红的墙，绿的窗，
颤巍巍，瘦兢兢，挺挺地，高高地耸着的，
想是灵隐的殿宇了；
只怕是画的哩？

云托着他罢?

远远山腰里吹起一缕轻烟,
袅袅地往上升着;
升到无可再升了,
便袅袅婷婷地四散了。


葱绿的松柏,
血一般的枫树,
鹅黄的白果树,
美丽吗?
是自然的颜色罢。
葱绿的,她忧愁罢;
血一般的,她羞愧罢!
鹅黄的,她快乐罢?
我可不知;
她自己也说不出哩。

四

北高峰了,
寂静的顶点了。

四围都笼着烟雾，

迷迷糊糊的，

什么都只有些影子了。

只有地里长着的蔬菜，

肥嫩得可爱，

绿得要滴下来；

这里藏着我们快乐的秘密哩！……

我们的事可完了，

满足和希望也只剩些影子罢了！

## 五

我们到底下来了，

这回所见又不同了：

几株又虬劲，又妩媚的老松

沿涂迎着我们；

一株笔直，笔直，通红，通红的大枫树，

立着像孩子们用的牛乳瓶的刷子；

他在刷着自然的乳瓶吗？


落叶堆了满路，

我们踏着；"喳喳喊喊"的声音。

你们诉苦么？

却怨不得我们；

谁教你们落下来的？

看哪，飘着，飘着，

草上又落了一片了。

我的朋友赶着捡他起来，

说这是没有到过地上的，

他要留着——

有谁知道这片叶的运命呢？

## 六

灵隐的泉声亭影终于再见；

灰色的幕将太阳遮着，

我们只顾走着，远了，远了；

路旁小茶树偷着开花——

白而嫩的小花——

只将些叶儿掩掩遮遮。

我的朋友忍心摘了他两朵；

怕茶树他要流泪罢？

唉！顾了我们，

便不顾得你了？

我将花簪在帽檐；
朋友将花拈在指尖；
暮色妒羡我们，
四面围着我们——
越逼越近了，
我们便浮沉着在苍茫里。

一九二〇年十一月三十日

# 送韩伯画往俄国

天光还早，

火一般红云露出了树梢，

不住地燃烧，不住地流动；

黑漆漆的大路，

照得闪闪烁烁的，有些分明了。


立着一个绘画的学徒，

通身凝滞了的血都沸了；

他手舞足蹈地唱起来了：


"红云呵！

鲜明美丽的云呵！

你给了我一个新生命！
你是宇宙神经的一节；
你是火的绘画——
谁画的呢？
我愿意放下我所曾有的，
跟着你走；
提着真心跟着你！"
他果然赤裸裸的从大路上向红云跑去了！

祝福你绘画的学徒！
你将在红云里，
偷着宇宙的密意，
放在你的画里；
可知我们都等着哩！

一九二〇年十二月二十八日

# 湖 上

绿醉了湖水，

柔透了波光；

擎着——擎着

从新月里流来

一瓣小小的小船儿：

白衣的平和女神们

随意地厮并着——

柔绿的水波只兢兢兢兢地将她们载了。


舷边颤也颤的红花，

是的，白汪汪映着的一枝小红花呵。

一星火呢？

30　　　　　　　　　　踪　迹

一滴血呢？

一点心儿罢？

她们柔弱的，但是喜悦的，

爱与平和的心儿？

她们开始赞美她；

唱起美妙的，

不容我们听，只容我们想的歌来了。

白云依依地停着；

云雀痴痴地转着；

水波轻轻地汩着；

歌声只是袅袅娜娜着：

人们呢，

早被融化了在她们歌喉里。


天风从云端吹来，

拂着她们的美发；

她们从容用手掠了。

于是——挽着臂儿，

并着头儿，

点着足儿；

笑上她们的脸儿，

唱下她们的歌儿。

我们
被占领了的，
满心里，满眼里，
企慕着在破船上。
她们给我们美尝了，
她们给我们爱饮了；
我们全融化了在她们里，
也在了绿水里，
也在了柔波里，
也在了小船里，
和她们的新月的心里。

一九二一年五月十四日

# 转　眼[①]

一九二〇年五月，在北京大学毕业，即到杭州第一师范教书。初到时，小有误会，我辞职，同学留住我。后来他们和我很好。但我自感学识不足，时觉彷徨。这篇诗便是我的自白。

> 转眼的韶华，
> 霎的又到了黄梅时节。
> 听——点点滴滴的江南；
> 看——偃偃偬偬的天色；

---

① 这篇诗已选入《雪朝》里，因要序明作诗缘起，故在此重载一通。

是处找不着一个笑呵。
人间的那角上，
尽冷清清徘徊着他游子。
熟梅风吹来弥天漫地的愁，
絮团团拥了他；
他怯怯的心弦们，
春天和暖的太阳光里
袅着的游丝们的姊妹罢；
只软软轻轻地弹唱，
弹唱着那
温柔的四月里
百花开时，
智慧者用了灌溉群芳的
如酥的细雨般的调子。
她们唱道，
"这样无边愁海里浮沉着的，
可怎了得呵！"
她们忧虑着将来，
正也惆怅着过去。


她们唱呵：

去年五月，

湿风从海滨吹来，

燕子从北方回去的时候，

他开始了他的旅路。

四年来的老伴，

去去留留，暂离还合的他俩，

今朝分手——今朝分手。

她尽回那

临别的秋波；

喜么？

嗔么？

他那里理会得？

那容他理会得！

他们呢？

新交，旧识的他们，

也剩了面面儿相觑；

只有淡淡的一杯白酒，

悄悄地搁在他前；

另有微颤的声浪：

"江南没熟人哩；

喝了我们的去罢……"

他飞眼四面看了，
一声不响饮了。——
他终于上了那旅路。


她们唱呵：
这正是青年的夏天，
和他搀着手走到江南来了。
腼腆着他的脸儿，
忐忑着他的心儿；
趔趄着，
踅罢。
东西南北那眼光，
惊惊诧诧地睽他。
他打了几个寒噤；
头是一直垂下去了。
他也曾说些什么，
他们好奇地听他；
但生客们的语言，
怎能够被融洽呢？
"可厌的！"——
从他在江南路上，

初见湖上的轻风

俯着和茸茸绿草里

随意开着

没有名字的小白花们

私语的时候，

他所时时想着，也正怕着的

那将赐给生客们照例的诅咒，

终于被赐给了；

还带了虐待来了。

可是你该知道，

怎样是生客们的暴怒呵！

羞——红了他的脸儿，

血——催了他的心儿；

他掉转头了，

他拔步走了；

他说，

他不再来了！

生客的暴怒，

却能从他们心田里，

唤醒了那久经睡着的，

不相识者的同情；

他们正都急哩！

狂热的赶着，

沙声儿喊着：

"为甚撇下爱你的我们？

为甚弃了你爱的朋友？"

他的脸于是酸了，

他的心于是软了；

他只有留下，

留下在那江南了


她们唱呵：

他本是一朵蓓蕾，

是谁掐了他呢？

谁在火光当中

逼着他开了花，

暴露在骄傲的太阳底下呢？

他总只有怯着！

等呵！只等那灰絮絮的云帷，

——唉，黑茸茸的夜幕也好——

遮了太阳的眼睛时，

他才敢躲在树荫里苦笑，

他才敢躲在人背后享乐。
可是不倦的是太阳；
他蒙了脸时终是少呵！
客人们倒真"花"一般爱他；
但他总觉当不起这爱，
他只羞而怕罢！
却也有那无赖的糟蹋他，
太阳里更不免有丑事呕他，
他又将怎样恼恨呢？——
尽颠颠倒倒的终日，
飘飘泊泊了一年，
他总只算硬挣着罢。
可怜他疲倦的青春呵！

愁呢，重重叠叠加了，
弦呢，颤颤巍巍岔了；
袅着的，缠着了，
唱着的，默着了。
理不清的现在，
摸不着的将来，
谁可懂得，

谁能说出呢？
况他这随愁上下的，
在茫茫漠漠里
还能有所把捉么？
待顺流而下罢！
空辜负了天生的"我"；
待逆流而上呵，
又惭愧着无力的他。
被风吹散了的，
被雨滴碎了的，
只剩有踯躅，
只剩有彷徨；
天公却尽苦着脸，
不瞅不睬地相向。——
可是时候了！
这样莽荡荡的世界之中，
到底那里是他的路呢！

一九二一年六月　杭州作

# 沪杭道上的暮

风澹荡，
平原正莽莽，
云树苍茫，苍茫；
暮到离人心上。

一九二一年十一月十八日　沪杭车中

# 挽 歌

尧深死后，有一缕轻烟似的悲哀盘旋在我心上，久久不灭。昨日读了《楚辞·招魂》，更恻恻不能自已。因略参《招魂》之意，写成此歌，以抒伤逝的情怀。

云漫漫，风骚骚，
人间路呀，迢迢！
这隐约约的，
是你的遗踪？
那渺茫茫的，
是你的笑貌？
你不怕孤单？
你甘心寂寥？

为什么如醉如痴，
踯躅在那远刁刁荒榛古道？

天寒了，
日暮了，
剩有白杨的萧萧。
我把你的魂来招！
我把你的魂来招！
"尧深呀，
归来！"
尽有那暮暮朝朝，
够你去寻欢笑。
去寻欢笑！
高山上，有着好水；
平地上，百花眩耀①；
日月光，何皎皎！
更多少人儿，
分你的忧，
慰你的无聊！

———————

① 俗歌里有这两语："高山有好水，平地有好花。"

"尧深呀,
归来!"
为什么如醉如痴,
徘徊在那远刁刁荒榛古道?

仰头——
苍天的昊昊,
低头——
衰草的滔滔;
呀!我的眼儿焦,
你的影儿遥!
呀!我的眼儿焦,
你的影儿遥!

　　　　　　　　一九二一年十二月四日
　　　　　　　　尧深追悼会之晨,在杭州

# 除　夜

除夜的两枝摇摇的白烛光里，
我眼睁睁瞅着，
一九二一年轻轻地趒过去了。


除夕，杭州

# 笑 声

是人们的笑笑哩。

追寻去，却跟着风走了！

一九二二年二月二十一日

# 灯　光

那泱泱的黑暗中熠耀着的，
一颗黄黄的灯光呵，
我将由你的熠耀里，
凝视她明媚的双眼。

一九二二年二月二十二日

# 独 自

白云漫了太阳；
青山环拥着正睡的时候，
牛乳般雾露遮遮掩掩，
像轻纱似的，
幂了新嫁娘的面。

默然在窗儿口，
上不见只鸟儿，
下不见个影儿，
只剩飘飘的清风，
只剩悠悠的远钟。
眼底是靡人间了，

耳根是靡人间了；
故乡的她，独灵迹似的，
猛猛然涌上我的心头来了！

一九二二年二月二十二日

# 匆　匆

　　燕子去了，有再来的时候；杨柳枯了，有再青的时候；桃花谢了，有再开的时候。但是，聪明的，你告诉我，我们的日子为什么一去不复返呢？——是有人偷了他们罢：那是谁？又藏在何处呢？是他们自己逃走了罢：现在又到了那里呢？

　　我不知道他们给了我多少日子；但我的手确乎是渐渐空虚了。在默默里算着，八千多日子已经从我手中溜去；像针尖上一滴水滴在大海里，我的日子滴在时间的流里，没有声音，也没有影子。我不禁头涔涔而泪潸潸了。

　　去的尽管去了，来的尽管来着；去来的中间，又怎样地匆匆呢？早上我起来的时候，小屋里射进两三方斜斜的太阳。太阳他有脚啊，轻轻悄悄地挪移了；我也茫茫然跟着旋转。于是——洗手的时候，日子从水盆里过去；吃饭的时候，日子从饭碗里过去；默默时，便从凝然的双眼前过去。我觉察他去的匆匆了，伸出手遮挽时，他又从遮挽着的手边过去，天黑时，我躺在床上，他便伶伶俐俐地从我身上跨过，从我脚边飞去了。等我睁开眼和太阳再见，这算又溜走了一日。我掩着面叹息。但是新来的日子的影儿又开始在叹息里闪过了。

在逃去如飞的日子里，在千门万户的世界里的我能做些什么呢？只有徘徊罢了，只有匆匆罢了；在八千多日的匆匆里，除徘徊外，又剩些什么呢？过去的日子如轻烟，被微风吹散了，如薄雾，被初阳蒸融了；我留着些什么痕迹呢？我何曾留着像游丝样的痕迹呢？我赤裸裸来到这世界，转眼间也将赤裸裸的回去罢？但不能平的，为什么偏要白白走这一遭啊？

你聪明的，告诉我，我们的日子为什么一去不复返呢？

一九二二年三月二十八日

# 侮 辱

"请客气些！
设法一个舱位！"
"哼哼——
没有，没有！
你认得字罢？
看这张定单！ ——
不要紧——不用忙；
坐坐；
我筛杯茶你喝了去——"
他无端地以冷笑嘲弄我，
意外地以言语压迫我；
我也是有血的，
怎能不涨红了脸呢？

可是——也说不出什么，
只喃喃了两声，
便愤愤然走了。


我觉得所失远在舱位以上了！
我觉得所感远在愤怒以上了！
被遗弃的孤寂哪，
无友爱的空虚哪：
我心寒了，
我心死了！


却猛然间想到，
昨晚的台州！
逼窄的小舱里，
黄晕的灯光下，
朋友们的十二分的好意！
便轻易忘记了么？
我真是罪过的人哪。
于是——我的心头又微微温转来了；
于是——我才能苟延残喘于人间世了！

　　　　一九二二年四月二十七日　海门上海船中

# 宴 罢

拉着，扯着，——让着，
我们团团坐下了。
"请罢，
请罢！"
杯子都举了，
筷子都举了。
酽酽的黄酒，
腻的腻的鱼和肉；
喷鼻儿香！
真喷鼻儿香！
还得拉拢着，
还得照顾着：
笑容搠在了脸上；

话到口边时，
淡也淡的味儿！


酒够了！
菜足了！
脸红了，
头晕了；
胃膨胀了，
人微微地倦了。


倦了的眼前，
才有了倦了的阿庆！
他可不止"微微地"倦了；
大粒的汗珠涔涔在他额上，
涔涔下便是饥与惫的颜色。
安置杯箸是他，
斟酒是他，
捧茶是他，
递茶和烟是他，
绞手巾也是他；
我们团团坐着，

他尽团团转着！
杯盘的狼籍，
果物的零乱，
他还得张罗着哩，
在饥且惫了以后。

于是我觉得僭妄了，
今天真的侮辱了阿庆！
也侮辱了沿街住着的
吃咸菜红米饭的朋友！
而阿庆的如常的小心在意，
更教我惊诧，
甚至沉重地向我压迫着哩！

我们都倦了！
我们都病了！
为了什么呢？
为了什么呢？

台州所感　作于杭州

一九二二年五月

# 仅存的

发上依稀的残香里，
我看见渺茫的昨日的影子——
远了，远了。

一九二二年七月　杭州

# 小舱中的现代

"洋糖百合稀饭，

三个铜板一碗，

那个吃的?"

"竹耳扒①，破费你老人②家一个板：

只当空手要的!"

"吃面吧，那个吃饺面吧?"

"潮糕③要吧? 开船早哩!"

"行好的大先生，你可怜可怜我们娘儿俩啵——

肚子饿了好两天啰!"

---

① 耳挖。

② 读轻音。

③ 食品名。

"梨子，一角钱五个，不甜不要钱！"

"到扬州住那一家？

照顾我们吧；

有小房间，二角八分一天！"

"看份报消消遣？"

"花生，高粱酒吧？"

"铜锁要吧？带一把家去送送人！"

"郭郭郭郭"，一叠春画儿闪过我的眼前；

卖者眼里的声音，"要吧！"

"快开头①了，贱卖啦，

梨子，一角钱八个，那个要哩？"


拥拥挤挤堆堆叠叠间，

只剩了尺来宽的道儿；

在溷浊而紧张的空气里，

一个个畸异的人形

憧憧地赶过了——

梯子上下来，

梯子上上去。

---

① 开船之意。

上去，上去！
下来，下来！
灰与汗涂着张张黄面孔，
炯炯的有饥饿的眼光；
笑的两颊，
叫的口，
检点的手，
更都有着异样的展开的曲线，
显出努力的痕迹；
就像饿了的野兽们本能地想攫着些鲜血和肉一般，
他们也被什么驱迫着似的，
想攫着些暗淡的铜板，白亮的角子！

在他们眼里，
舱里拥挤着的堆叠着的，
正是些铜元和角子！——
只饰着人形罢了，
只饰着人形罢了。
可是他们试试攫取的时候，
人形们也居然反抗了；
于是开始了那一番战斗！
小舱变了战场，

他们变了战士，
我们是被看做了敌人！
从他们的叫嚣里，
我听出杀杀的喊呼；
从他们的顾盼里，
我觉出索索的颤抖；
从他们的招徕里，
我看出他们受伤似地挣扎；
而掠夺的贪婪，
对待的残酷，
隐约在他们间，
也正和在沙场上兵们间一样！
这也是大战了哩。


我，参战的一员，
从小舱的一切里，
这样，这样，
悄然认识了那窒着息似的现代了。


一九二二年七月二十一日　镇江扬州小轮中所感
七月三十日作于扬州

# 毁 灭

　　六月间在杭州。因湖上三夜的畅游，教我觉得飘飘然如轻烟，如浮云，丝毫立不定脚跟。当时颇以诱惑的纠缠为苦，而亟亟求毁灭。情思既涌，心想留些痕迹。但人事忙忙，总难下笔。暑假回家，却写了一节；但时日迁移，兴致已不及从前好了。九月间到此，续写成初稿；相隔更久，意态又差。直到今日，才算写定，自然是没劲儿的！所幸心境还不曾大变，当日情怀，还能竭力追摹，不至很有出入；姑存此稿，以备自己的印证。

一九二二年十二月九日晚记

踯躅在半路里，
垂头丧气的，
是我，是我！
五光吧，
十色吧，
罗列在咫尺之间：
这好看的呀！
那好听的呀！
闻着的是浓浓的香，
尝着的是腻腻的味；
况手所触的，
身所依的，
都是滑泽的，
都是松软的！
靡靡然！
怎奈何这靡靡然？——
被推着，
被挽着，
长只在俯俯仰仰间，
何曾做得一分半分儿主？
在了梦里，

在了病里；

只差清醒白醒的时候！

白云中有我，

天风的飘飘，

深渊里有我，

伏流的滔滔；

只在青青的，青青的土泥上，

不曾印着浅浅的，隐隐约约的，我的足迹！

我流离转徙，

我流离转徙；

脚尖儿踏呀，

却踏不上自己的国土！

在风尘里老了，

在风尘里衰了，

仅存的一个懒恹恹的身子，

几堆黑簇簇的影子！

幻灭的开场，

我尽思尽想：

"亲亲的，虽渺渺的，

我的故乡——我的故乡！

回去！回去！"

虽有茫茫的淡月，

笼着静悄悄的湖面，

雾露濛濛的，

雾露濛濛的；

仿仿佛佛的群山，

正安排着睡了。

萤火虫在雾里找不着路，

只一闪一闪地乱飞。

谁却放荷花灯哩？

"哈哈哈哈……"

"嚇嚇嚇……"

夹着一缕低低的箫声，

近处的青蛙也便响起来了。

是被摇荡着，

是被牵惹着，

说已睡在"月姊姊的臂膊"里了；

真的，谁能不飘飘然而去呢？

但月儿其实是寂寂的，

萤火虫也不曾和我亲近，

欢笑更显然是他们的了。

只有箫声，

曾引起几番的惆怅；

但也是全不相干的，

箫声只是箫声罢了。

摇荡是你的，

牵惹是你的，

他们各走各的道儿，

谁理睬你来？

横竖做不成朋友，

缠缠绵绵有些什么！

孤另另的，

冷清清的，

没味儿，没味儿！

还是掉转头，

走你自家的路。

回去！回去！


虽有雪样的衣裙，

现已翩翩地散了，

仿佛清明日子烧剩的白的纸钱灰。

那活活像小河般流着的双眼，

含蓄过多少意思，蕴藏过多少话句的，

也干涸了，

干到像烈日下的沙漠。

漆黑的发，

成了蓬蓬的秋草；

吹弹得破的面孔，

也只剩一张褐色的蜡型。

况花一般的笑是不见一痕儿，

珠子一般的歌喉是不透一丝儿！

眼前是光光的了，

总只有光光的了。

撒开吧。

还撒些什么！

回去！回去！


虽有如云的朋友，

互相夸耀着，

互相安慰着，

高谈大笑里

送了多少的时日；

而饮啖的豪迈，

游踪的密切，

岂不像繁茂的花枝，

赤热的火焰哩！

这样被说在许多口里，

被知在许多心里的，

谁还能相忘呢？

但一丢开手，

事情便不同了：

翻来是云，

覆去是雨，

别过脸，

掉转身，

认不得当年的你！——

原只是一时遣着兴罢了，

谁当真将你放在心头呢？

于是剩了些淡淡的名字——

莽莽苍苍里，

便留下你独个，

四周都是空气吧了，

四周都是空气吧了！

还是摸索着回去吧；

那里倒许有自己的弟兄姊妹
切切地盼望着你。
回去！回去！

虽有巧妙的玄言，
像天花的纷坠；
在我双眼的前头，
展示渺渺如轻纱的憧憬——
引着我飘呀，飘呀，
直到三十三天之上。
我拥在五色云里，
灰色的世间在我的脚下——
小了，更小了，
远了，几乎想也想不到了。
但是下界的罡风
总归呼呼地倒旋着，
吹入我丝丝的肌里！
摇摇荡荡的我
倘是跌下去呵，
将像泄着气的轻气球，
被人践踏着顽儿，

只馀嗤嗤的声响!
况倒卷的罡风,
也将像三尖两刃刀,
劈分我的肌里呢? ——
我将被肢解在五色云里;
甚至化一阵烟,
袅袅地散了。
我战栗着,
"念天地之悠悠"……
回去! 回去!


虽有饿着的肚子,
拘挛着的手,
乱蓬蓬秋草般长着的头发,
凹进的双眼,
和软软的脚,
尤其灵弱的心,
都引着我下去,
直向底里去,
教我抽烟,
教我喝酒,

教我看女人。

但我在迷迷恋恋里，

虽然混过了多少时刻，

只不让步的是我的现在，

他不容你不理他！

况我也终于不能支持那迷恋人的，

只觉肢体的衰颓，

心神的飘忽，

便在迷恋的中间，

也潜滋暗长着哩！

真不成人样的我

就这般轻轻地速朽了么？

不！不！

趁你未成残废的时候，

还可用你仅有的力量！

回去！回去！


虽有死仿佛像白衣的小姑娘，

提着灯笼在前面等我，

又仿佛像黑衣的力士，

擎着铁锤在后面逼我——

在我烦忧着就将降临的败家的凶惨，
和一年来骨肉间的仇视，
（互以血眼相看着）的时候，
在我为两肩上的人生的担子，
压到不能喘气，
又眼见我的收获
渺渺如远处的云烟的时候；
在我对着黑绒绒又白漠漠的将来，
不知取怎样的道路，
却尽徘徊于迷悟之纠纷的时候：
那时候她和他便隐隐显现了，
像有些什么，
又像没有——
凭这样的不可捉摸的神气，
真尽够教我向往了。
去，去，
去到她的，他的怀里吧。
好了，她望我招手了，
他也望我点头了。……
但是，但是，

72　　　　　　　　　踪　迹

她和他正都是生客，

教我有些放心不下；

他们的手飘浮在空气里，

也太渺茫了，

太难把握了，

教我怎好和他们相接呢？

况死之国又是异乡，

知道它什么土宜哟！

只有在生之原上，

我是熟悉的；

我的故乡在记忆里的，

虽然有些模糊了，

但它的轮廓我还是透熟的，——

哎呀！故乡它不正张着两臂迎我吗？

瓜果是熟的有味；

地方和朋友也是熟的有味；

小姑娘呀，

黑衣的力士呀，

我宁愿回我的故乡，

我宁愿回我的故乡；

回去! 回去!

归来的我挣扎挣扎,
拨烟尘而见自己的国土!
什么影像都泯没了,
什么光芒都收敛了;
摆脱掉纠缠,
还原了一个平平常常的我!
从此我不再仰眼看青天,
不再低头看白水,
只谨慎着我双双的脚步;
我要一步步踏在土泥上,
打上深深的脚印!
虽然这些印迹是极微细的,
且必将磨灭的,
虽然这迟迟的行步
不称那迢迢无尽的程途,
但现在平常而渺小的我,
只看到一个个分明的脚步,
便有十分的欣悦——

那些远远远远的
是再不能，也不想理会的了。
别耽搁吧，
走！走！走！

一九二二年十二月九日

# 细　雨

东风里
掠过我脸边，
星呀星的细雨，
是春天的绒毛呢。

一九二三年三月八日

# 香

"闻着梅花香么?" ——
徜徉在山光水色中的我们,
陡然都默契着了。


一九二四年一月二日　温州作

# 别　后

我和你分手以后，
的确有了长进了！
大杯的喝酒，
整匣的抽烟，
这都是从前没有的。
喝了酒昏昏的睡，
烟的香真好——
我的手指快黄了，
有味，有味。
因为在这些时候，
忘了你，
也忘了我自己！

成日坐在有刺的椅上，
老想起来走；
空空的房子，
冷的开水，
冷的被窝——
峭厉的春寒呀，
我怀中的人呢？

你们总是我的，
我却将你们冷冷的丢在那地方，
没有依靠的地方！
我是你唯一的依靠，
但我又是靠不住的；
我悬悬的
便是这个。
我是个千不行万不行的人，
但我总还是你的人！——
唉！我又要抽烟了。

一九二四年三月　宁波作

# 赠 A. S.

你的手像火把，
你的眼像波涛，
你的言语如石头，
怎能使我忘记呢？

你飞渡洞庭湖，
你飞渡扬子江；
你要建红色的天国在地上！
地上是荆棘呀，
地上是狐兔呀，
地上是行尸呀；
你将为一把快刀，

披荆斩棘的快刀！
你将为一声狮子吼，
狐兔们披靡奔走！
你将为春雷一震，
让行尸们惊醒！


我爱看你的骑马，
在尘土里驰骋——
一会儿，不见踪影！
我爱看你的手杖，
那铁的铁的手杖；
它有颜色，有斤两，有铮铮的声响！
我想你是一阵飞沙走石的狂风，
要吹倒那不能摇撼的黄金的王宫！
那黄金的王宫！
呜——吹呀！


去年一个夏天大早我见着你：
你何其憔悴呢？
你的眼还涩着，
你的发太长了！

但你的血的热加倍的薰灼着！
在灰泥里辗转的我，
仿佛被焙炙着一般！——
你如郁烈的雪茄烟，
你如酽酽的白兰地，
你如通红通红的辣椒，
我怎能忘记你呢？

一九二四年四月十五日　宁波作

# 风　尘

——兼赠 F 君——

莽莽的罡风，

将我吹入黄沙的梦中。

天在我头上旋转，

星辰都像飞舞的火鸦了！

地在我脚下回旋，

山河都向着我滚滚而来了！

乱沙打在我面上时，

我才略略认识了自己；

我的眼好容易微微的张开——

好利害的沙呀！

砖石变成了鸽子纷纷的飞；

朦胧的绿树大刷帚似的

从我脚边扫过去；
新插的秧针简直是软毛刷，
刷在我的颊上，腻腻儿的。
牛马呀！牛马呀！
都飞起来了！
人呢，人也飞起来了——
墓中的死者也飞起来了！
呀，我在那儿呀？
也飞着哩！也飞着哩！
呀，F君，你呢？你呢？
也在什么地方飞吧？
来携手呀，
我们都在黄沙的梦里呀，
我们都在黄沙的梦里呀！

一九二四年五月二十八日　驿亭宁波车中

　　　　　踪　迹

第 二 辑

# 歌 声

昨晚中西音乐歌舞大会里"中西丝竹和唱"的三曲清歌，真令我神迷心醉了。

仿佛一个暮春的早晨，霏霏的毛雨①默然洒在我脸上，引起润泽，轻松的感觉。新鲜的微风吹动我的衣袂，像爱人的鼻息吹着我的手一样。我立的一条白矾石的甬道上，经了那细雨，正如涂了一层薄薄的乳油；踏着只觉越发滑腻可爱了。

这是在花园里。群花都还做她们的清梦。那微雨偷偷洗去她们的尘垢，她们的甜软的光泽便自焕发了。在那被洗去的浮艳下，我能看到她们在有日光时所深藏着

_____

① 细雨如牛毛，扬州称为"毛雨"。

的恬静的红，冷落的紫，和苦笑的白与绿。以前锦绣般在我眼前的，现在都带了黯淡的颜色。——是愁着芳春的销歇么？是感着芳春的困倦么？

大约也因那濛濛的雨，园里没了秾郁的香气。涓涓的东风只吹来一缕缕饿了似的花香；夹带着些潮湿的草丛的气息和泥土的滋味。园外田亩和沼泽里，又时时送过些新插的秧，少壮的麦，和成荫的柳树的清新的蒸气。这些虽非甜美，却能强烈地刺激我的鼻观，使我有愉快的倦怠之感。

看啊，那都是歌中所有的：我用耳，也用眼，鼻，舌，身，听着；也用心唱着。我终于被一种健康的麻痹袭取了，于是为歌所有。此后只由歌独自唱着，听着；世界上便只有歌声了。

一九二一年十一月三日，上海

# 桨声灯影里的秦淮河

一九二三年八月的一晚，我和平伯同游秦淮河；平伯是初泛，我是重来了。我们雇了一只"七板子"，在夕阳已去，皎月方来的时候，便下了船。于是桨声汩——汩，我们开始领略那晃荡着蔷薇色的历史的秦淮河的滋味了。

秦淮河里的船，比北京万生园，颐和园的船好，比西湖的船好，比扬州瘦西湖的船也好。这几处的船不是觉着笨，就是觉着简陋、局促；都不能引起乘客们的情韵，如秦淮河的船一样。秦淮河的船约略可分为两种：一是大船；一是小船，就是所谓"七板子"。大船舱口阔大，可容二三十人。里面陈设着字画和光洁的红木家具，桌上一律嵌着冰凉的大理石面。窗格雕镂颇细，使人起柔腻之感。窗格里映着红色蓝色的玻璃；玻璃上有精致的花纹，也颇悦人目。"七板子"规模虽不及大船，但那淡蓝色的栏干，空敞的舱，也足系人情思，而最出色处却在它的舱前。舱前是甲板上的一部，上面有弧形的顶，两边用疏疏的栏干支着。里面通常放着两张藤的躺椅。躺下，可以谈天，可以望远，可以顾盼两岸的河房。大船上也有这个，但在小船上更觉清隽罢了。舱前的顶下，一律悬着灯彩；灯的多少，明暗，彩苏的精粗，艳晦，是不一的，但好歹总还你一个灯彩。这灯彩实在是最能钩人的东西。夜幕垂垂地下来时，大小船上都点起灯火。从两重玻璃里映出那辐射着的黄黄的散光，反晕出一片朦胧的烟霭；透过这烟霭，在黯黯的水波里，又逗起缕缕的明漪。在这薄霭和微漪里，听着那悠然的间歇的桨声，谁能不被引入他的美梦去呢？只愁梦太多了，这些大小船儿如何载得起呀？我们这时模模糊糊的谈着明末的秦淮河的艳迹，如《桃花扇》及《板桥杂记》里所载的。我们真神往了。我们仿佛亲见那时华灯映水，画舫凌波的光景了。于是我们的船便成了历史的重载了。我们终于恍然秦淮河的船所以雅丽过于他处，而又有奇异的吸引力的，实在是许多历史的影像使然了。

秦淮河的水是碧阴阴的；看起来厚而不腻，或者是六朝金粉所凝么？我们初上船的时候，天色还未断黑，那漾漾的柔波是这样的恬静，委婉，使我们一面有水阔天空之想，一面又憧憬着纸醉金迷之境了。等到灯火明时，阴阴的变为沉沉了：黯淡的水光，像梦一般；那偶然闪烁着的光芒，就是梦的眼睛了。我们坐在舱前，因了那隆起的顶棚，仿佛总是昂着首向前走着似的；于是飘飘然如御风而行的我们，看着那些自在的湾泊着的船，船里走马灯般的人物，便像是下界一般，迢迢的远了，又像在雾里看花，尽朦朦胧胧的。这时我们已过了利涉桥，望见东关头了。沿路听见断续的歌声：有从沿河的妓楼飘来的，有从河上船里度来的。我们明知那些歌声，只是些因袭的言词，从生涩的歌喉里机械的发出来的；但它们经了夏夜的微风的吹漾和水波的摇拂，袅娜着到我们耳边的时候，已经不单是她们的歌声，而混着微风和河水的密语了。于是我们不得不被牵惹着，震撼着，相与浮沉于这歌声里了。从东关头转湾，不久就到大中桥。大中桥共有三个桥拱，都很阔大，俨然是三座门儿；使我们觉得我们的船和船里的我们，在桥下过去时，真是太无颜色了。桥砖是深褐色，表明它的历史的长久；但都完好无缺，令人太息于古昔工程的坚美。

桥上两旁都是木壁的房子，中间应该有街路？这些房子都破旧了，多年烟熏的迹，遮没了当年的美丽。我想像秦淮河的极盛时，在这样宏阔的桥上，特地盖了房子，必然是髹漆得富富丽丽的；晚间必然是灯火通明的。现在却只剩下一片黑沉沉！但是桥上造着房子，毕竟使我们多少可以想见往日的繁华；这也慰情聊胜无了。过了大中桥，便到了灯月交辉，笙歌彻夜的秦淮河；这才是秦淮河的真面目哩。

大中桥外，顿然空阔，和桥内两岸排着密密的人家的大异了。一眼望去，疏疏的林，淡淡的月，衬着蓝蔚的天，颇像荒江野渡光景；那边呢，郁丛丛的，阴森森的，又似乎藏着无边的黑暗：令人几乎不信那是繁华的秦淮河了。但是河中眩晕着的灯光，纵横着的画舫，悠扬着的笛韵，夹着那吱吱的胡琴声，终于使我们认识绿如茵陈酒的秦淮水了。此地天裸露着的多些，故觉夜来的独迟些；从清清的水影里，我们感到的只是薄薄的夜——这正是秦淮河的夜。

大中桥外，本来还有一座复成桥，是船夫口中的我们的游踪尽处，或也是秦淮河繁华的尽处了。我的脚曾踏过复成桥的脊，在十三四岁的时候。但是两次游秦淮河，却都不曾见着复成桥的面；明知总在前途的，却常觉得有些虚无缥缈似的。我想，不见倒也好。这时正是盛夏。我们下船后，借着新生的晚凉和河上的微风，暑气已渐渐销散；到了此地，豁然开朗，身子顿然轻了——习习的清风荏苒在面上，手上，衣上，这便又感到了一缕新凉了。南京的日光，大概没有杭州猛烈；西湖的夏夜老是热蓬蓬的，水像沸着一般，秦淮河的水却尽是这样冷冷地绿着。任你人影的憧憧，歌声的扰扰，总像隔着一层薄薄的绿纱面幕似的；它尽是这样静静的，冷冷的绿着。我们出了大中桥，走不上半里路，船夫便将船划到一旁，停了桨由它宕着。他以为那里正是繁华的极点，再过去就是荒凉了；所以让我们多多赏鉴一会儿。他自己却静静的蹲着。他是看惯这光景的了，大约只是一个无可无不可。这无可无不可，无论是升的沉的，总之，都比我们高了。

那时河里闹热极了；船大半泊着，小半在水上穿梭似的来往。停泊着的都在近市的那一边，我们的船自然也夹在其中。因为这边略略的挤，便觉得那边十分的疏了。在每一只船从那边过去时，我们能画出它的轻轻的影和曲曲的波，在我们的心上；这显着是空，且显着是静了。那时处处都是歌声和凄厉的胡琴声，圆润的喉咙，确乎是很少的。但那生涩的，尖脆的调子能使人有少年的，粗率不拘的感觉，也正可快我们的意。况且多少隔开些儿听着，因为想像与渴慕的做美，总觉更有滋味；而竞发的喧嚣，抑扬的不齐，远近的杂沓，和乐器的嘈嘈切切，合成另一意味的谐音，也使我们无所适从，如随着大风而走。这实在因为我们的心枯涩久了，变为脆弱；故偶然润泽一下，便疯狂似的不能自主了。但秦淮河确也腻人。即如船里的人面，无论是和我们一堆儿泊着的，无论是从我们眼前过去的，总是模模糊糊的，甚至渺渺茫茫的；任你张圆了眼睛，揩净了眦垢，也是枉然。这真够人想呢。在我们停泊的地方，灯光原是纷然的；不过这些灯光都是黄而有晕的。黄已经不能明了，再加上了晕，便更不成了。灯愈多，晕就愈甚；在繁星般的黄的交错里，秦淮河仿佛笼上了一团光雾。光芒与雾气腾腾的晕着，什么都只剩了轮廓了；所以人面的详细的曲线，便消失于我们的眼底了。但灯光究竟夺不了那边的月色；灯光是浑的，月色是清的。在浑沌的灯光里，渗入了一派清辉，却真是奇迹！那晚月儿已瘦削了两三分。她晚妆才罢，盈盈的上了柳梢头。天是蓝得可爱，仿佛一汪水似的；月儿便更出落得精神了。岸上原有三株两株的垂杨树，淡淡的影子，在水里摇曳着。它们那柔细的枝条浴着月光，就像一支支美人的臂膊，交互的缠着，挽着；又像是月儿披着的发。而月儿偶然也从它们的交叉处偷偷窥看我们，大有小姑娘怕羞的样子。岸上另有几株不知名的老树，光光的立着；在月光里照起来，却又俨然是精神矍铄的老人。远处——快到天际线了，才有一两片白云，亮得现出异彩，像美丽的贝壳一般。白云下便是黑黑的一带轮廓；是一条随意画的不规则的曲线。这一段光景，和河中的风味大异了。但灯与月竟能并存着，交融着，使月成了缠绵的月，灯射着渺渺的灵辉；这正是天之所以厚秦淮河，也正是天之所以厚我们了。

这时却遇着了难解的纠纷。秦淮河上原有一种歌妓，是以歌为业的。从前都在茶舫上，唱些大曲之类。每日午后一时起；什么时候止，却忘记了。晚上照样也有一回，也在黄晕的灯光里。我从前过南京时，曾随着朋友去听过两次。因为茶舫里的人脸太多了，觉得不大适意，终于听不出所以然。前年听说歌妓被取缔了，不知怎的，颇涉想了几次——却想不出什么。这次到南京，先到茶舫上去看看，觉得颇是寂寥，令我无端的怅怅了。不料她们却仍在秦淮河里挣扎着，不料她们竟会纠缠到我们，我于是很张皇了。她们也乘着"七板子"，她们总是坐在舱前的。舱前点着石油汽灯，光亮眩人眼目：坐在下面的，自然是纤毫毕见了——引诱客人们的力量，也便在此了。舱里躲着乐工等人，映着汽灯的余辉蠕动着；他们是永远不被注意的。每船的歌妓大约都是二人；天色一黑，她们的船就在大中桥外往来不息的兜生意。无论行着的船，泊着的船，都要来兜揽的。这都是我后来推想出来的。那晚不知怎样，忽然轮着我们的船了。我们的船好好的停着，一只歌舫划向我们来了；渐渐和我们的船并着了。烁烁的灯光逼得我们皱起了眉头；我们的风尘色全给它托出来了，这使我踧踖不安。那时一个伙计跨过船来，拿着摊开的歌折，就近塞向我的手里，说，"点几出吧！"他跨过来的时候，我们船上似乎有许多眼光跟着。同时相近的别的船上也似乎有许多眼睛炯炯的向我们船上看着。我真窘了！我也装出大方的样子，向歌妓们瞥了一眼，但究竟是不成的！我勉强将那歌折翻了一翻，却不曾看清了几个字；便赶紧递还那伙计，一面不好意思地说，"不要。我们……不要。"他便塞给平伯。平伯掉转头去，摇手说，"不要！"那人还腻着不走。平伯又回过脸来，摇着头道，"不要！"于是那人重到我处。我窘着再拒绝了他。他这才有所不屑似的走了。我的心立刻放下，如释了重负一般。我们就开始自白了。

我说我受了道德律的压迫，拒绝了她们；心里似乎很抱歉的。这所谓抱歉，一面对于她们，一面对于我自己。她们于我们虽然没有很奢的希望；但总有些希望的。我们拒绝了她们，无论理由如何充足，却使她们的希望受了伤；这总有几分不做美了。这是我觉得很怅怅的。至于我自己，更有一种不足之感。我这时被四面的歌声诱惑了，降服了；但是远远的，远远的歌声总仿佛隔着重衣搔痒似的，越搔越搔不着痒处。我于是憧憬着贴耳的妙音了。在歌舫划来时，我的憧憬，变为盼望；我固执的盼望着，有如饥渴。虽然从浅薄的经验里，也能够推知，那贴耳的歌声，将剥去了一切的美妙；但一个平常的人像我的，谁愿凭了理性之力去丑化未来呢？我宁愿自己骗着了。不过我的社会感性是很敏锐的；我的思力能拆穿道德律的西洋镜，而我的感情却终于被它压服着。我于是有所顾忌了，尤其是在众目昭彰的时候。道德律的力，本来是民众赋予的；在民众的面前，自然更显出它的威严了。我这时一面盼望，一面却感到了两重的禁制：一，在通俗的意义上，接近妓者总算一种不正当的行为；二，妓是一种不健全的职业，我们对于她们，应有哀矜勿喜之心，不应赏玩的去听她们的歌。在众目睽睽之下，这两种思想在我心里最为旺盛。

它们暂时压倒了我的听歌的盼望，这便成就了我的灰色的拒绝。那时的心实在异常状态中，觉得颇是昏乱。歌舫去了，暂时宁靖之后，我的思绪又如潮涌了。两个相反的意思在我心头往复：卖歌和卖淫不同，听歌和狎妓不同，又干道德甚事？——但是，但是，她们既被逼的以歌为业，她们的歌必无艺术味的；况她们的身世，我们究竟该同情的。所以拒绝倒也是正办。但这些意思终于不曾撇开我的听歌的盼望。它力量异常坚强；它总想将别的思绪踏在脚下。从这重重的争斗里，我感到了浓厚的不足之感。这不足之感使我的心盘旋不安，起坐都不安宁了。唉！我承认我是一个自私的人！平伯呢，却与我不同。他引周启明先生的诗，"因为我有妻子，所以我爱一切的女人，因为我有子女，所以我爱一切的孩子。"① 他的意思可以见了。他因为推及的同情，爱着那些歌妓，并且尊重着她们，所以拒绝了她们。在这种情形下，他自然以为听歌是对于她们的一种侮辱。但他也是想听歌的，虽然不和我一样，所以在他的心中，当然也有一番小小的争斗；争斗的结果，是同情胜了。至于

---

① 原诗是，"我为了自己的儿女才爱小孩子，为了自己的妻才爱女人"，见《雪朝》四八页。

道德律，在他是没有什么的；因为他很有蔑视一切的倾向，民众的力量在他是不大觉着的。这时他的心意的活动比较简单，又比较松弱，故事后还怡然自若；我却不能了。这里平伯又比我高了。

在我们谈话中间，又来了两只歌舫。伙计照前一样的请我们点戏，我们照前一样的拒绝了。我受了三次窘，心里的不安更甚了。清艳的夜景也为之减色。船夫大约因为要赶第二趟生意，催着我们回去；我们无可无不可的答应了。我们渐渐和那些晕黄的灯光远了，只有些月色冷清清的随着我们的归舟。我们的船竟没个伴儿，秦淮河的夜正长哩！到大中桥近处，才遇着一只来船。这是一只载妓的板船，黑漆漆的没有一点光。船头上坐着一个妓女；暗里看出，白地小花的衫子，黑的下衣。她手里拉着胡琴，口里唱着青衫的调子。她唱得响亮而圆转；当她的船箭一般驶过去时，余音还袅袅的在我们耳际，使我们倾听而向往。想不到在弩末的游踪里，还能领略到这样的清歌！这时船过大中桥了，森森的水影，如黑暗张着巨口，要将我们的船吞了下去。我们回顾那渺渺的黄光，不胜依恋之情；我们感到了寂寞了！这一段地方夜色甚浓，又有两头的灯火招邀着；桥外的灯火不用说了，过了桥另有东关头疏疏的灯火。我们忽然仰头看见依人的素月，不觉深悔归来之早了！走过东关头，有一两只大船湾泊着，又有几只船向我们来着。嚣嚣的一阵歌声人语，仿佛笑我们无伴的孤舟哩。东关头转湾，河上的夜色更浓了；临水的妓楼上，时时从帘缝里射出一线一线的灯光；仿佛黑暗从酣睡里眨了一眨眼。我们默然的对着，静听那汩——汩的桨声，几乎要入睡了；朦胧里却温寻着适才的繁华的余味。我那不安的心在静里愈显活跃了！这时我们都有了不足之感，而我的更其浓厚。我们却又不愿回去，于是只能由懊悔而怅惘了。船里便满载着惆怅了。直到利涉桥下，微微嘈杂的人声，才使我豁然一惊；那光景却又不同。右岸的河房里，都大开了窗户，里面亮着晃晃的电灯，电灯的光射到水上，蜿蜒曲折，闪闪不息，正如跳舞着的仙女的臂膊。我们的船已在她的臂膊里了；如睡在摇篮里一样，倦了的我们便又入梦了。那电灯下的人物，只觉像蚂蚁一般，更不去萦念。这是最后的梦；可惜是最短的梦！黑暗重复落在我们面前，我们看见傍岸的空船上一星两星的，枯燥无力又摇摇不定的灯光。我们的梦醒了，我们知道就要上岸了；我们心里充满了幻灭的情思。

一九二三年十月十一日作完，于温州

# 温州的踪迹

## 一、"月朦胧，鸟朦胧，帘卷海棠红"①

这是一张尺多宽的小小的横幅，马孟容君画的。上方的左角，斜着一卷绿色的帘子，稀疏而长；当纸的直处三分之一，横处三分之二。帘子中央，着一黄色的，茶壶嘴似的钩儿——就是所谓软金钩么？"钩弯"垂着双穗，石青色；丝缕微乱，若小曳于轻风中。纸右一圆月，淡淡的青光遍满纸上；月的纯净，柔软与平和，如一张睡美人的脸。从帘的上端向右斜伸而下，是一枝交

① 画题，系旧句。

缠的海棠花。花叶扶疏，上下错落着，共有五丛；或散或密，都玲珑有致。叶嫩绿色，仿佛掐得水似的；在月光中掩映着，微微有浅深之别。花正盛开，红艳欲流；黄色的雄蕊历历的，闪闪的。衬托在丛绿之间，格外觉得娇娆了。枝欹斜而腾挪，如少女的一只臂膊。枝上歇着一对黑色的八哥，背着月光，向着帘里。一只歇得高些，小小的眼儿半睁半闭的，似乎在入梦之前，还有所留恋似的，那低些的一只别过脸来对着这一只，已缩着颈儿睡了。帘下是空空的，不着一些痕迹。

试想在圆月朦胧之夜，海棠是这样的妩媚而嫣润；枝头的好鸟为什么却双栖而各梦呢？在这夜深人静的当儿，那高踞着的一只八哥儿，又为何尽撑着眼皮儿不肯睡去呢？他到底等什么来着？舍不得那淡淡的月儿么？舍不得那疏疏的帘儿么？不，不，不，您得到帘下去找，您得向帘中去找——您该找着那卷帘人了？他的情韵风怀，原是这样这样的哟！朦胧的岂独月呢；岂独鸟呢？但是，咫尺天涯，教我如何耐得？我拼着千呼万唤；你能够出来么？

这页画布局那样经济，设色那样柔活，故精彩足以动人。虽是区区尺幅，而情韵之厚，已足沦肌浃髓而有余。我看了这画，瞿然而惊，留恋之怀，不能自已。故将所感受的印象细细写出，以志这一段因缘。但我于中西的画都是门外汉，所说的话不免为内行所笑。——那也只好由他了。

一九二四年二月一日　温州作

## 二、绿

我第二次到仙岩①的时候，我惊诧于梅雨潭的绿了。

梅雨潭是一个瀑布潭。仙岩有三个瀑布，梅雨瀑最低。走到山边，便听见花花花花的声音；抬起头，镶在两条湿湿的黑边儿里的，一带白而发亮的水便呈现于眼前了。我们先到梅雨亭。梅雨亭正对着那条瀑布；坐在亭边，不必仰头，便可见它的全体了。亭下深深的便是梅雨潭。这个亭踞在突出的一角的岩石上，上下都空空儿的；仿佛一只苍鹰展着翼翅浮在天宇中一般。三面都是山，像半个环儿拥着；人如在井底了。这是一个秋季的薄阴的天气。微微的云在我们顶上流着；岩面与草丛都从润湿中透出几分油油的绿意。而瀑布也似乎分外的响了。那瀑布从上面冲下，仿佛已被扯成大小的几绺；

---

① 山名，瑞安的胜迹。

不复是一幅整齐而平滑的布。岩上有许多棱角；瀑流经过时，作急剧的撞击，便飞花碎玉般乱溅着了。那溅着的水花，晶莹而多芒；远望去，像一朵朵小小的白梅，微雨似的纷纷落着。据说，这就是梅雨潭之所以得名了。但我觉得像杨花，格外确切些。轻风起来时，点点随风飘散，那更是杨花了。——这时偶然有几点送入我们温暖的怀里，便倏的钻了进去，再也寻它不着。

梅雨潭闪闪的绿色招引着我们；我们开始追捉她那离合的神光了。揪着草，攀着乱石，小心探身下去，又鞠躬过了一个石穹门，便到了汪汪一碧的潭边了。瀑布在襟袖之间；但我的心中已没有瀑布了。我的心随潭水的绿而摇荡。那醉人的绿呀！仿佛一张极大的荷叶铺着，满是奇异的绿呀。我想张开两臂抱住她；但这是怎样一个妄想呀。——站在水边，望到那面，居然觉着有些远呢！这平铺着、厚积着的绿，着实可爱。她松松的皱缬着，像少妇拖着的裙幅；她轻轻的摆弄着，像跳动的初恋的处女的心；她滑滑的明亮着，像涂了"明油"一般，有鸡蛋清那样软，那样嫩，令人想着所曾触过的最嫩的皮肤；她又不杂些儿尘滓，宛然一块温润的碧玉，只清清的一色——但你却看不透她！我曾见过北京什刹海拂地的绿杨，脱不了鹅黄的底子，似乎太淡了。

我又曾见过杭州虎跑寺近旁高峻而深密的"绿壁"，丛叠着无穷的碧草与绿叶的，那又似乎太浓了。其余呢，西湖的波太明了，秦淮河的又太暗了。可爱的，我将什么来比拟你呢？我怎么比拟得出呢？大约潭是很深的，故能蕴蓄着这样奇异的绿；仿佛蔚蓝的天融了一块在里面似的，这才这般的鲜润呀。——那醉人的绿呀！我若能裁你以为带，我将赠给那轻盈的舞女；她必能临风飘举了。我若能挹你以为眼，我将赠给那善歌的盲妹；她必明眸善睐了。我舍不得你；我怎舍得你呢？我用手拍着你，抚摩着你，如同一个十二三岁的小姑娘。我又掬你入口，便是吻着她了。我送你一个名字，我从此叫你"女儿绿"，好么？

　　我第二次到仙岩的时候，我不禁惊讶于梅雨潭的绿了。

一九二四年二月八日　温州作

## 三、白水漈

　　几个朋友伴我游白水漈。

　　这也是个瀑布；但是太薄了，又太细了。有时闪着些须的白光；等你定睛看去，却又没有——只剩下一片飞烟而已。从前有所谓"雾谷"，大概就是这样了。所以如此，全由于岩石中间突然空了一段；水到那里，无可凭依，凌虚飞下，便扯得又薄又细了。当那空处，最是奇迹。白光嬗为飞烟，已是影子；有时却连影子也不见。有时微风过来，用纤手挽着那影子，它便袅袅的成了一个软弧；但她的手才松，它又像橡皮带儿似的，立刻伏伏贴贴的缩回来了。我所以猜疑，或者另有双不可知的巧手，要将这些影子织成一个幻网。——微风想夺了她的，她怎么肯呢？

　　幻网里也许织着诱惑；我的依恋便是个老大的证据。

一九二四年三月十六日　宁波作

## 四、生命的价格——七毛钱

　　生命本来不应该有价格的；而竟有了价格！人贩子，老鸨，以至近来的绑票土匪，都就他们的所有物，标上参差的价格，出卖于人；我想将来许还有公开的人市场呢！在种种"人货"里，价格最高的，自然是土匪们的票了，少则成千，多则成万；大约是有历史以来，"人货"的最高的行情了。其次是老鸨们所有的妓女，由数百元到数千元，是常常听到的。最贱的要算是人贩子的货色！他们所有的，只是些男女小孩，只是些"生货"，所以便卖不起价钱了。

人贩子只是"仲买人"，他们还得取给于"厂家"，便是出卖孩子们的人家。"厂家"的价格才真是道地呢！《青光》里曾有一段记载，说三块钱买了一个丫头；那是移让过来的，但价格之低，也就够令人惊诧了！"厂家"的价格，却还有更低的！三百钱，五百钱买一个孩子，在灾荒时不算难事！但我不曾见过。我亲眼看见的一条最贱的生命，是七毛钱买来的！这是一个五岁的女孩子。一个五岁的"女孩子"卖七毛钱，也许不能算是最贱；但请您细看。将一条生命的自由和七枚小银元各放在天平的一个盘里，您将发现，正如九头牛与一根牛毛一样，两个盘儿的重量相差实在太远了！

我见这个女孩，是在房东家里。那时我正和孩子们吃饭；妻走来叫我看一件奇事，七毛钱买来的孩子！孩子端端正正的坐在条凳上；面孔黄黑色，但还丰润；衣帽也还整洁可看。我看了几眼，觉得和我们的孩子也没有什么差异；我看不出她的低贱的生命的符记——如我们看低贱的货色时所容易发见的符记。我回到自己的饭桌上，看看阿九和阿菜，始终觉得和那个女孩没有什么不同！但是，我毕竟发现真理了！我们的孩子所以高贵，正因为我们不曾出卖他们，而那个女孩所以低贱，正因为她是被出卖的；这就是她只值七毛钱的缘故了！呀，聪明的真理！

妻告诉我这孩子没有父母，她哥嫂将她卖给房东家姑爷开的银匠店里的伙计，便是带着她吃饭的那个人。他似乎没有老婆，手头很窘的，而且喜欢喝酒，是一个糊涂的人！我想这孩子父母若还在世，或者还舍不得卖她，至少也要迟几年卖她；因为她究竟是可怜可怜的小羔羊。到了哥嫂的手里，情形便不同了！家里总不宽裕，多一张嘴吃饭，多费些布做衣，是显而易见的。将来人大了，由哥嫂卖出，究竟是为难的；说不定还得找补些儿，才能送出去。这可多么冤呀！不如趁小的时候，谁也不注意，做个人情，送了干净！您想，温州不算十分穷苦的地方，也没碰着大荒年，干什么得了七个小毛钱，就心甘情愿的将自己的小妹子捧给人家呢？说等钱用？谁也不信！七毛钱了得什么急事！温州又不是没人买的！大约买卖两方本来相知；那边恰要个孩子玩儿，这边也乐得出脱，便半送半卖的含糊定了交易。我猜想那时伙计向袋里一摸，一股脑儿掏了出来，只有七毛钱！哥哥原也不指望着这笔钱用，也就大大方方收了完事。于是财货两交，那女孩便归伙计管业了！

这一笔交易的将来，自然是在运命手里；女儿本姓"碰"，由她去碰吧了！但可知的，运命决不加惠于她！第一幕的戏已启示于我们了！照妻所说，那伙计必无这样耐心，抚养她成人长大！他将像豢养小猪一样，等到相当的肥壮的时候，便卖给屠户，任他宰割去；这其间他得了赚头，是理所当然的！但屠户是谁呢？在她卖做丫头的时候，便是主人！"仁慈的"主人只宰割她相当的劳力，如养羊而剪它的毛一样。到了相当的年纪，便将她配人。能够这样，她虽然被摔在丫头坯里，却还算不幸中之幸哩。但在目下这钱世界里，如此大方的人究竟是少的；我们所见的，十有六七是刻薄人！她若卖到这种人手里，他们必搾榨她过量的劳力。供不应求时，便骂也来了，打也来了！等她成熟时，却又好转卖给人家作妾；平常搾榨的不够，这儿又找补一个尾子！偏生这孩子模样儿又不好；入门不能得丈夫的欢心，容易遭大妇的凌虐，又是显然的！她的一生，将消磨于眼泪中了！也有些主人自己收婢作妾的；但红颜白发，也只空断送了她的一生！和前例相较，只是五十步与百步而已。——更可危的，她若被那伙计卖在妓院里，老鸨才真是个令人肉颤的屠户呢！我们可以想到：她怎样逼她学弹学唱，怎样驱遣她去做粗活！怎样用藤筋打她，用针刺她！怎样督责她承欢卖笑！她怎样吃残羹冷饭！怎样打熬着不得睡觉！怎样终于生了一身毒疮！她的相貌使她只能做下等的妓女；她的沦落风尘是终生的！她的悲剧也是终生的！——唉！七毛钱竟买了你的全生命——你的血肉之躯竟抵不上区区七个小银元么？生命真太贱了！生命真太贱了！

因此想到自己的孩子的运命，真有些胆寒！钱世界里的生命市场存在一日，都是我们孩子的危险！都是我们孩子的侮辱！您有孩子的人呀，想想看，这是谁之罪呢？这是谁之责呢？

一九二四年四月九日　宁波作

# 航船中的文明

第一次乘夜航船，从绍兴府桥到西兴渡口。

绍兴到西兴本有汽油船。我因急于来杭，又因年来逐逐于火车轮船之中，也想"回到"航船里，领略先代生活的异样的趣味；所以不顾亲戚们的坚留和劝说（他们说航船里是很苦的），毅然决然的于下午六时左右下了船。有了"物质文明"的汽油船，却又有"精神文明"的航船，使我们徘徊其间，左右顾而乐之，真是二十世纪中国人的幸福了！

航船中的乘客大都是小商人；两个军弁是例外。满船没有一个士大夫；我区区或者可充个数儿，——因为我曾读过几年书，又忝为大夫之后——但也是例外之例外！真的，那班士大夫到哪里去了呢？这不消说得，都到了轮船里去了！士大夫虽也搴着大旗拥护精神文明，但千虑不免一失，竟为那物质文明的孙儿，满身洋油气的小顽意儿骗得定定的，忍心害理的撇了那老相好。于是航船虽然照常行驶，而光彩已减少许多！这确是一件可以慨叹的事；而"国粹将亡"的呼声，似也不是徒然的了。呜呼，是谁之咎欤？

既然来到这"精神文明"的航船里，正可将船里的精神文明考察一番，才不虚此一行。但从哪里下手呢？这可有些为难。踌躇之间，恰好来了一个女人。——我说"来了"，仿佛亲眼看见，而孰知不然；我知道她"来了"，是在听见她尖锐的语音的时候。至于她的面貌，我至今还没有看见呢。这第一要怪我的近视眼，第二要怪那袭人的暮色，第三要怪——哼——要怪那"男女分坐"的精神文明了。女人坐在前面，男人坐在后面；那女人离我至少有两丈远，所以便不可见其脸了。且慢，这样左怪右怪，"其词若有憾焉"，你们或者猜想那女人怎样美呢。而孰知又大大的不然！我也曾"约略的"看来，都是乡下的黄面婆而已。至于尖锐的语音，那是少年的妇女所常有的，倒也不足为奇。然而这一次，那来了的女人的尖锐的语音竟致劳动区区的执笔者，却又另有缘故。在那语音里，表示出对于航船里精神文明的抗议；她说，"男人女人都是人！"她要坐到后面来，（因前面太挤，实无他故，合并声明）而航船里的"规矩"是不许的。船家拦住她，她仗着她不是姑娘了，便老了脸皮，大着胆子，慢慢的说了那句话。她随即坐在原处，而"批评家"的议论繁然了。一个船家在船沿上走着，随便的说，"男人女人都是人，是的，不错。做秤钩的也是铁，做秤锤的也是铁，做铁锚的也是铁，都是铁呀！"这一段批评大约十分巧妙，说出诸位"批评家"所要说的，于是众喙都息，这便成了定论。至于那女人，事实上早已坐下了；"孤掌难鸣"，或者她饱饫了诸位"批评家"的宏论，也不要鸣了罢。"是非之心"，虽然"人皆有之"，而撑船经商者流，对于名教之大防，竟能剖辨得这样"详明"，也着实亏他们了。中国毕竟是礼义之邦，文明之古国呀！——我悔不该乱怪那"男女分坐"的精神文明了！

"祸不单行"，凑巧又来了一个女人。她是带着男人来的。——呀，带着男人！正是；所以才"祸不单行"呀！——说得满口好绍兴的杭州话，在黑暗里隐隐露着一张白脸；带着五六分城市气。船家照他们的"规矩"，要将这一对儿生刺刺的分开；男人不好意思做声，女的却抢着说，"我们是'一堆生'① 的！"太亲热的字眼，竟在"规规矩矩的"航船里说了！于是船家命令的嚷道："我们有我们的规矩，不管你'一堆生'不'一堆生'的！"大家都微笑了。有的沉吟的说："一堆生的？"有的惊奇的说："一'堆'生的！"有的嘲讽的说："哼，一堆生的！"在这四面楚歌里，凭你怎样伶牙俐齿，也只得服从了！"妇者，服也"，这原是她的本行呀。只看她毫不置辩，毫不懊恼，还是若无其事的和人攀谈，便知她确乎是"服也"了。这不能不感谢船家和乘客诸公"卫道"之功；而论功行赏，船家尤当首屈一指。呜呼，可以风矣！

在黑暗里征服了两个女人，这正是我们的光荣；而航船中的精神文明，也粲然可见了——于是乎书。

一九二四年五月三日

---

① "一块儿"也。

# 关于《踪迹》

    《踪迹》全书大约编于 1924 年 6 月间。做出这种推断的原因是，朱自清在这年的 5 月 28 日所作的新诗《风尘——兼赠 F 君》，收入了《踪迹》一书中。而到了 7 月 2 日，他和方光焘一起从上海前往南京参加在东南大学召开的中华教育改进社第三届年会期间的所见所闻，写成的一篇《旅行杂记》，没有收入《踪迹》，而收进了此后编辑的《背影》一书中。从 7 月 2 日开始，以后创作的所有作品，《踪迹》里都不再有其踪影。

    《踪迹》是一部诗文合集。在此书出版之前，朱自清和周作人、俞平伯、徐玉诺、郭绍虞、叶圣陶、刘延陵、郑振铎等八人的诗歌合集《雪朝》，作为"文学研究会丛书"第九种，由商务印书馆出版。该书第一集就是朱自清的作品，共收新诗十九首，是朱自清早期诗作的代表作。朱自清是从 1919 年 2 月 29 日开始新诗创作的，当时是受同室室友的一幅画作所触动，有感而发地创作了《"睡吧，小小的人"》，并把这首诗投给了《时事新报》，于这年的 12 月 11 日发表了出来。其实朱自清尝试文学写作更早，据他在《关于写作答问》中回忆说："中学时代曾写过一篇《聊斋志异》式的山大王的故事，词藻和组织大约还模仿林译小说，得八千字。写成寄于《小说月报》被退回。稿子早已失去。那时还集合了些朋友在扬州办了个《小说日报》，都是文言，有光纸油印，只出了三天就停了。自己在上面写过一篇《龙钟人语》，大概是个侠客的故事，父亲讲给我听的。"朱自清到了北大上学之后，受到新文学运动的启蒙，对新诗感了兴趣，特别是《"睡吧，小小的人"》成功之后，增强了他新诗创作的信心，1919 年 11 月 14 日，又写作了新诗《小鸟》，此后便一发而不可收，在大学毕业前，创作了新诗十余首，部分作品发表在《晨报》《北京大学学生周刊》《时事新报·学灯》《新潮》等报刊上，还因此而加入了北京大学的新文化社团新潮社。新潮社时期的朱自清，"有一个和平中正的性格，他从来不用猛烈刺激的言词，也从来没有感情冲动的语调……他的这种性格，近乎少年老成，但有他在，对于事业的成功有实际的裨益，对于纷岐的异见有调和的作用"（孙伏园《悼佩弦》）。

1920 年 5 月大学毕业后，朱自清在新诗写作和文学翻译外，也写尝试小说和散文的写作。我试着把《踪迹》的创作过程，分作两个阶段来谈。

从 1920 年 5 月到 1922 年 5 月，为第一阶段。在这短短两年的时间里，朱自清发表了翻译作品《异样的人》《源头》、杂论《自治底意义》《奖券热》《憎》《教育经费独立》《离婚问题与将来的人生》《中学生的学生生活》、短篇小说《新年的故事》《别》、评论《民众文学谈》《短诗与长诗》《读〈湖畔〉诗集》、散文《〈越声〉发刊词》《歌声》《佚名〈冬天〉跋》《〈冬夜〉序》《〈蕙的风〉序》等等，但写作最多、用力最多的还是诗歌，粗略统计一下，约有三十首，除一部分收入八人诗集中，余下大多收入《踪迹》里了。在这两年多时间里，朱自清做了充足的文学准备，从写作方面来说，他做了多种文体的尝试，特别还创作了两篇小说《新年的故事》和《别》，前者以第一人称，描写了一个叫"宝宝"的幼童，在过新年时期的所见所闻；而后者描写了一个小学老师和他的妻子因生活所迫，刚刚相聚又不得不分手的故事，小说情感真挚，笔触委婉细腻，是一篇成熟的小说，发表在当时影响很大的《小说月报》第十二卷第七号上，不久又被收入"文学研究会丛书"第五种《小说汇刊》里，由商务印书馆于1922年5月出版。这篇小说一经发表和汇编后，就受到同行们的关注，茅盾在《评〈小说汇刊〉》一文中说："就我看来，《别》是一篇极好的小说，但一般人或许要说他'平淡'。"陈炜谟说得更直接一些，他在《读〈小说汇刊〉》时认为："他这篇《别》如他的诗一样，初看起来似乎平淡，但仔细咀嚼，就像吃橄榄一样，觉得有味了。他的悲哀，虽是天鹅绒样的悲哀，但在这世界人类没有绝灭以前，如雁冰先生所说，总不会灭掉的。"王平陵是亲眼看到过他修改这篇小说的人，他在《三十年文坛沧桑录》里写道："……他的《别》在民九的初秋动笔，写完初稿后，隔了一些时候，取出看一遍，改动一下；再隔了好久，又仔细研究，修改。他常说：'时间是大公无私的批评家，凡经得起时间来淘汰的作品，发表出来，自己可以放心些。'那篇小说，仅七千多字，直到十月才算定稿。"从作品在《别》后的落款日期看，并不是"民九"的"十月"定稿，而是"民十"即1921年5月5日才写毕。在尝试各种文体写作而外，在这两年里，朱自清还结识了当时新文学创作界的多位重要人物，如俞平伯、叶圣陶、郑振铎、茅盾等，并成为终生好友。俞平伯曾这样回忆他和朱自清的最初交往："在杭州时，我开始做新诗，朱先生也正开始做，他认为我的资格比他老，拿他做的新诗给我看，他把他的诗名为'不可集'，用《论语》'是知其不可而为之欤'的意思，近似适之先生《尝试集》的含意。这个集名还是没有用，但我们的关系却一天一天的深了。"（《朱自清先生的治学与做人——俞平伯先生访问记》，萧离著）为什么朱自清的年龄比俞平伯大，还要认为俞平伯的"资格比他老"呢？这一方面是因为朱自清谦虚，另一方面，在北大，俞比朱高一届，发表作品，俞也更早一些。俞平伯所说的"在杭州"，即1920年秋季俞平伯和朱自清同在杭州浙江省立第一师范学校做老师时。因二人既是同事，又是不同届的同学，同时又都是新潮社的社员，同在《新潮》上发表作品，因此相谈极为投机，从此成为好友。朱自清和叶圣陶的认识始于1921年9月的中国公学，朱自清在《我所见的叶圣陶》里，回忆了和叶初次见面的情形：刘延陵"和我说：'叶圣陶也在这儿。'我们都念过圣陶的小说，所以他这样告我。我好奇地问道：'怎样一个人？'出乎我的意外，他回答我：'一位老先生哩。'但是延陵和我去访问圣陶的时候，我觉得他的年纪并不老，只那朴实的眼色和沉默的风度与我们平日所想象的苏州少年文人叶圣陶不甚符合罢了。"同样是因为共同的文学理想，又因为性格相近，二人也成为了好朋友。又因为叶圣陶的关系，朱自清很快结识了郑振铎、茅盾等人。那几年，无论朱自清多么忙（在江浙一带的中学教书），朱自清都不会放过和他们相聚的机会，他们谈论创作，商讨集社，商量出版杂志。这些活动，为朱自清的创作和在创作界的地位打下了很好的基础。1921年4月，朱自清加入了文学研究会。1922年1月10日，朱自清和鲁迅、周作人、沈雁冰、叶圣陶、许地山、王统照、冰心、庐隐等十七人被《小说月报》聘为"本刊特约文稿担任者"。朱自清还积极参与创办《诗》月刊，他在《选诗杂记》一文中说："《诗》月刊怕早被人忘了。这是刘延陵、俞平伯、圣陶和我几个人办的；承左舜生先生的帮助，中华书局给我们印行了。"在这两年的创作里，《匆匆》要在这里重点谈一谈。这是朱自清创作的一首"散诗"，带有一些试验的性质。在创作这首"散诗"的前两日，朱自清给好友俞平伯写了一封信，信中在说读过"略略翻阅"康白情的诗集《草儿》后，联想到自己的创作，说："日来颇自惭愧。觉得自己情绪终觉狭小，浅薄，所以常要借重技巧，这真是极不正当的事！想想，很为灰心，拟作之稿，几乎想要搁笔——但因'敝帚自珍'底习气，终于决定续写了！以后颇想做些事业，抉发那情绪的错，因为只有狭小的情绪，实在辜负了我的生活了！"又说："日来时时念旧，殊低徊不能自已。明知无聊，但难排遣'回想上的惋惜'，正是不能自克的事。因了这惋惜的情怀，引起时日不可留之感。我想将这宗心绪写成一诗，名曰《匆匆》。本想写散文诗，故写得颇长。但音节词句太弛缓了，或者竟不是诗也未可知。待写完后再行抄寄兄看。"这两段议论，既显现出朱自清要做一番事业的大家气象，也预告了要写作《匆匆》的动机。两天后的 3 月 28 日，朱自清在感叹时光飞逝的情绪中，完成了散文诗《匆匆》。《匆匆》发表以后，朱自清又给俞平伯去信，谈到了这首"散诗"：

　　《匆匆》已载《文学旬刊》，兄当已见着。
觉可称得散文"诗"否？我于那篇大作当惬
意，但恐太散文了！兄作散文诗，说是终于失
败，倘不是客气话，那必是因兄作太诗而不散

文，我的作恐也失败，但失败的方向正与兄反，兄谓何如？

圣陶来信，说现在短诗盛行，几乎有作必短诗，他有些疑惑。"以前并不见有这些东西。一受影响，而所得感兴，恰皆适宜于短诗，似乎没有这么巧。若先存了体裁的观念，而以感兴凑上去，则短诗便是'五律''七绝'了。"他的话很有道理。我想现在有些人或因为"短"而作短诗，贪便宜而做它。这种作品必没有集中的力量。但因受了影响，本能有许多感兴无适当的诗形表现的，可得了发泄的路子，这也许也是近来短诗盛行底一种原因。究竟由于那种原因的多，我可也难说明，兄谓如何？

我的《匆匆》，一面因困情绪繁复，散较为适当，但也有试着散诗的意思。兄看我那篇有力竭铺张底痕迹否？

受到叶圣陶来信的影响，朱自清很快动手写作了诗论《长诗与短诗》，并发表于 1922 年 4 月 15 日出版的《诗》第一卷第四号上，对叶圣陶信中的忧虑公开回复，针对诗坛短诗泛滥，而长诗奇缺的现状，具体分析了长诗和短诗各自的艺术特点，鼓励诗人以丰富的生活和强大的力量多写长诗。这篇诗论另一个意义，是进一步触发了朱自清的思考，为以后的长诗《毁灭》做了铺垫。

以上是《踪迹》全书创作的第一个阶段。第二阶段为1922年6月至1924年6月《踪迹》编定时，也是恰好两年。如果说，第一阶段的重要作品是《匆匆》的话，第二阶段就是《毁灭》和《桨声灯影里的秦淮河》了。先来说《毁灭》。1922年6月，《雪朝》出版后，朱自清和俞平伯、郑振铎等朋友在杭州游玩，在美丽的西子湖畔畅游三天的朱自清，没有陶醉在湖光山色的风光中，反而更深地引发了他在写作《匆匆》时所萌发的情绪，陷入了更深层次的思考，加上对长诗短诗已有了自己的判断和评论，由此触发长诗《毁灭》的写作。在《毁灭》诗序中，朱自清说："六月间在杭州。因湖上三夜的畅游，教我觉得飘飘然如轻烟，如浮云，丝毫立不定脚跟。当时颇以诱惑的纠缠为苦，而亟亟求毁灭。情思既涌，心想留些痕迹。但人事忙忙，总难下笔。暑假回家，却写了一节；但时日迁移，兴致已不及从前好了。九月间到此，续写成初稿；相隔更久，意态又差。直到今日，才算写定，自然是没劲儿的！所幸心境还不会大变，当日情怀，还能竭力追摹，不至很有出入；姑存此稿，以备自己的印证。"1923年3月10日，《小说月报》在第十四卷第三号发表后，还由此引发了关于"人生"的讨论，许多人都纷纷撰写文章。4月10日，朱自清也参与了讨论，在给信中说："我们不必谈生之苦闷，只本本分分做一个寻常人罢。……这种既不执着，也不绝灭的中性人生观，大约为我们所共信。于是赞颂与诅咒杂作，自抑与自尊互乘，仿佛已成为没旨气、没趣味的人了。其实我们自省也还不至于如此。但在行为上既表现不出来，说得好一点是'和光同尘'，说得不客气些，简直是'同流合污'了。我们虽不介意于悦来的毁誉，但这样的一年一年的漂泊着，即不为没出息，也可以算得没味了。如何能使来年来月来日的生活，比今年今月今日有味些？这便是目下的大问题。"这时候的俞平伯，《红楼梦辨》已经由上海亚东图书馆出版，继续写作诗集《忆》里的部分篇章。在收到朱自清信后，也开始思索，一向温和的俞平伯，是这样评论《毁灭》的："从诗史而观，所谓变迁，所谓革命，决不仅是——也不必是推倒从前的坛坫，打破从前的桎梏；最主要的是建竖新的旗帜，开辟新的疆土，越乎前人而与之代兴。"俞平伯还认为，朱自清的《毁灭》，即以技术而论，"在诗坛上，亦占有很高的位置，我们可以说，这诗的风格意境音调是能在中国古代传统的一切诗词以外，另标一帜的。"这时候的朱自清和俞平伯，可谓双星闪耀，在文学的各个领域施展自己的才华，颇有相互追赶的意思。就在《毁灭》发表不久，朱自清文学创作中的重要作品之一《笑的历史》，于1923年4月28日杀青。这篇小说，可以说是"人生"问题探讨的一个延伸，只是由诗而小说罢了。小说是以他爱人武钟谦为原型，用第一人称"我"，来讲述一个原本爱笑的善良女性，出嫁后遇到的种种烦恼，以笑为主线，由原来爱笑而不敢笑、最后不愿笑以至于厌恶笑的情感历程。小说描写的"我"的不少境遇，和他的散文《给亡妇》里武钟谦所受的委屈多有相似之处，让人读来唏嘘。朱自清由《匆匆》引发的关于时光飞逝而牵连出的关于人生哲学的讨论，历时近一年。期间虽然经历杭州至台州至温州的迁徙和颠簸，人该有怎样的"人生"一直都是朱自清思索的重要问题，创作上也基本围绕这一主题展开，从《毁灭》到《笑的历史》，所探讨的都是关于人该有怎样的人生。

1923年7月末，朱自清和俞平伯一起利用暑假同游南京，在南京各处游览，临分手的时候，两人相约，各以"桨声灯影里的秦淮河"为题写一篇散文。1923年10月11日，朱自清写毕散文《桨声灯影里的秦淮河》，这篇文章和俞平伯的同题散文，成为了现代文史上的佳话。《温州的踪迹》是分四部分以独立的文章形式写出来的，第一部分《月朦胧，鸟朦胧，卷帘海棠红》写于1924年2月1日；第二部分《绿》写于这年的2月8日；第三部分《白水漈》写于这年的3月16日；第四部分《生命的价值——七毛钱》写于这年的4月9日。四部分文章都分别单独发表过。《航船中的文明》写于1924年5月3日。最后补说一下下辑是散文《歌声》，该篇写于1921年11月3日。《踪迹》里所收的新诗，除了部分收进《雪朝》里，其他写于1924年6月之前的新诗，全数收进集子里了。

《踪迹》分为两辑，上辑是新创作的新诗，下辑是新创作的散文。书名来源于《温州的踪迹》。从《踪迹》里，我们也能感受到朱自清创作路上的"踪迹"，除了第二辑里的四篇散文取材全部来源于奔波的旅行中的感想而外，部分诗作也同样和"踪迹"密不可分，比如《沪杭道上的暮》《笑声》《灯光》《独自》等，《复活》也是写于海门至上海的船中。

陈　武
二〇一八年三月三十日写于燕郊

**图书在版编目（ＣＩＰ）数据**

踪迹 / 朱自清著. -- 扬州 : 广陵书社，2018.7
（朱自清自编文集 / 陈武主编）
ISBN 978-7-5554-1015-7

Ⅰ．①踪… Ⅱ．①朱… Ⅲ．①诗集－中国－现代②散
文集－中国－现代 Ⅳ．①I216.2

中国版本图书馆CIP数据核字(2018)第105743号


| 书　　名 | 踪　迹 | | |
| --- | --- | --- | --- |
| 著　　者 | 朱自清 | 丛书主编 | 陈　武 |
| 责任编辑 | 张　敏 | 特约编辑 | 罗路晗 |
| 出 版 人 | 曾学文 | 装帧设计 | 鸿儒文轩·书心瞬意 |

| 出版发行 | 广陵书社 | |
| --- | --- | --- |
| | 扬州市维扬路 349 号 | 邮编：225009 |
| | http://www.yzglpub.com | E - mail:yzglss@163.com |
| 印　　刷 | 三河市华东印刷有限公司 | |

| 开　　本 | 787mm×1092mm　　1/32 |
| --- | --- |
| 字　　数 | 75 千字 |
| 印　　张 | 4.5 |
| 版　　次 | 2018 年 7 月第 1 版第 1 次印刷 |
| 书　　号 | ISBN 978-7-5554-1015-7 |
| 定　　价 | 32.00 元 |